孙子兵法

—— 第二十五册

上海人民美术出版社
浙江人民美术出版社

目　录

鲍防驱军攻锐遭惨败

编文：良 军

绘画：章毓霖 韩 安

原　文　锐卒勿攻。

译　文　敌军的精锐不要去攻击。

1. 鲍防，襄州（今湖北襄樊）人。自幼丧父，家境贫寒，但他勤奋好学。唐天宝末年考中进士，后在浙东、福建、江西一带为官，政绩卓著，官至工部尚书。但带兵打仗却非他所长。

2. 唐代宗大历十三年（公元778年）正月，回纥兵大举犯边。此时鲍防正担任河东节度留后，负责太原一带防务。

3. 在回纥兵接近太原时，河东节度押牙李自良对鲍防说："回纥精兵远来，要求速战。我军难以抵敌。不如设两道防线，派兵将坚守，断其归路……"

4. 见鲍防沉默不语，李自良又继续说："回纥兵锐气正盛，我军坚壁不战，待其师老惰归时，我出兵攻击，那时，两道防线在其前，大军压其后，我军可获全胜。"

5. 鲍防听后摇头道："蛮兵所到之处，烧杀掳掠。我堂堂大唐守将，若纵敌深入，岂非置百姓于火坑之中？"

6. 他不采纳李自良的建议，升帐发令，命焦伯瑜等将领迅速率军出城拦击，拒敌于半路。

7. 大将焦伯瑜领兵急行五十里，赶到阳曲城（今山西太原北阳曲镇）北，与入侵的回纥军相遇。两军当即大战。

8. 回纥军兵锋正锐，而唐军平素缺乏训练，临时召集匆忙赶路，一经交战就抵敌不住。

9. 焦伯瑜等将领奋力作战，拼死抵抗，终因敌军强悍凶猛，唐军惨败，死伤万余人。

10. 回纥军乘胜而进，一路上烧村屠寨，太原周围的百姓被洗劫一空。

战 例 # 杨行密设饵诱敌破广陵

编文：姚　瑶

绘画：章毓霖　韩　安

原　文　　饵兵勿食。

译　文　　敌人的诱兵不要去理睬。

1. 唐僖宗光启年间，淮南节度使高骈重用吕用之等不法官吏，滥杀无辜，造成上下离心，人人自危。光启三年（公元887年）四月，淮南左厢都知兵马使毕师铎与淮宁军使郑汉章，以讨吕用之为名，率军进至淮南治所广陵（今江苏扬州）。

2. 毕师铎还派部将孙约送信给宣州（今安徽宣城一带）观察使秦彦，要求秦彦亦出兵，并答应在攻下广陵后，迎秦彦为统帅。

3. 秦彦阅信后颇为高兴，遂派遣部将秦稠率兵三千，到扬子（今江苏扬州南扬子桥附近）援助毕师铎。

4. 毕师铎兵临广陵城下，城中惊慌。高骈派讨击使许戡送信及酒肴给毕师铎以示慰劳。毕师铎未等许戡开口，便下令将许戡推出斩首。

5. 吕用之为人刁恶，在节度使衙门却掌握实权。他盗用高骈名义，任庐州（今安徽合肥）刺史杨行密为行军司马，派兵支援广陵。

6. 杨行密的谋士袁袭分析当时形势说："高骈昏惑，吕用之奸邪，毕师铎悖逆，这三种德行的人聚合，而求兵于我，这是上天将淮南送给明公了，请发兵赴之。"

7. 于是，杨行密率领全部庐州兵，并向和州（今安徽和县）刺史孙端借了兵，共数千人马赶向广陵。五月，到达天长（今安徽东北，接近江苏）。

8. 毕师铎军此时已攻进广陵。高骈被迫任毕师铎为节度副使、行军司马。

23

9. 紧接着宣州观察使秦彦亦亲率宣歙军乘竹筏沿江而下，万余人马兵不血刃就进了广陵城。

10. 秦彦自称暂代淮南节度使的职务，任毕师铎为行军司马，任池州刺
史赵锽为宣歙观察使。

11. 当杨行密的兵马来到广陵城下时，秦彦不知杨行密庐州兵的底细，闭门自守。

12. 杨行密令部属在广陵城外建立了八个营寨，把广陵城团团围住，堵住了全城进出要道，做了一切临战准备。

13. 城中兵马突然增多，粮草奇缺。广陵百姓竞以珠玉金缯向秦彦所属军队换粮食，直至一件珠玉只能换米五升，一件锦织物只能换糠五升的"米珠薪桂"的程度。

14. 为稳住军心，秦彦急派毕师铎、秦稠率军八千出城进攻庐州军，在各要道口全被杨行密军截住，结果秦稠战死，士卒死伤十之八九，毕师铎大败而回。

15. 八月，秦彦属军和全城百姓动荡不安，实难继续坚守。秦彦命毕师铎、郑汉章率全部兵马一万二千出城作战，于城西列阵，绵延数里，气势甚宏。

16. 杨行密不仅下令不予阻击，反而安稳地躺在营帐中对部将说："按原定计划，敌近告我。"牙将李宗礼说："众寡不敌，宜坚壁自守，徐图还师。"

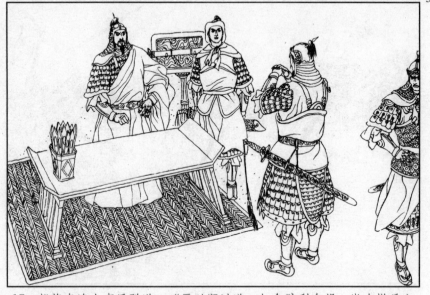

17. 部将李涛大声反驳道："吾以顺讨逆，如今胜利在望，岂有撤兵之理？我愿率部为先锋，奋勇杀敌。"杨行密接受李涛建议，对李涛说："你去将敌兵引出，我亲率精兵接应。必须把敌军主力引至我军小麦仓库和金帛仓库。"

18. 李涛领兵先去冲阵。杨行密亲率千余人马紧紧跟上，行至半途，果见李涛败下阵来，后面追来了不可胜数的敌军。

19. 杨行密让过李涛兵马，亲自截住敌军作战。交战不久，杨军又败退，直退至粮仓、金帛仓附近，杨行密率军从小道逃跑了。

20. 粮仓和金帛仓的守兵全是一些羸弱的士卒，不堪一击。敌军乘势攻进仓库，见小麦和金帛堆积为山，喜出望外，纷纷争抢。

21. 争粮夺帛，肩扛马驮，挤挤嚷嚷，混乱不堪。正在此时，杨行密已率四周埋伏的精兵以及李涛兵马蜂拥而来，把近万名秦彦所属兵马堵在仓库之中。

22. 秦彦属军左冲右突,互相拥挤、践踏,溃不成军。这一仗,几乎被打得全军覆没,俘斩殆尽,积尸十里,沟渎皆满。毕师铎、郑汉章单骑落荒而逃,才免一死。

曹操归师败追兵

编文：汤　洵

绘画：戴红杰　周冬莲　戴　联

原　文　归师勿遏。

译　文　敌军退回本国不要去阻击拦截。

1. 东汉建安三年（公元198年）三月，曹操亲率大军包围穰城（今河南
邓县）的张绣，以雪一年以前兵败及长子曹昂遇害之辱。

2. 张绣是董卓部将骠骑将军张济的侄儿，随叔父南征北伐，骁勇善战，官封建忠将军、宣威侯。

3. 曹军到穰城，张绣出城迎战，两军对阵，张绣大骂曹操不知廉耻。

4. 曹操大怒，令勇将许褚出阵。张绣阵中冲出一马，乃部将张先。双方交战，张先不敌，不久，被许褚斩于马下。

5. 张绣军大败，退入城中固守。曹操下令，把穰城团团围住。

6. 穰城墙高沟阔，张绣防守严密，曹军数次进攻，均未成功。

7. 曹操又用声东击西之计，佯攻西北，而突袭东南。但被张绣的谋士贾诩识破，曹操损兵折将，懊丧不已。

8. 张绣见曹军久围不退，城中粮草有限，难以持久，于是选人突围出城，给荆州刘表送信，请求援兵。

9. 刘表与张绣曾有盟约，双方互为依靠，见信后于五月派兵援助，准备切断曹军后路，与张绣前后夹击曹操。

10. 曹操得到刘表军事行动的消息，估量形势，决定暂时撤军。

11. 张绣见曹操移营后撤，以为机会难得，下令出城追击。

50

12. 谋士贾诩劝阻道："曹操善用兵，退兵之际必有奇谋，追必败。"
张绣不听，带领部队出城而去。

13. 曹军后撤，速度很慢，每日行军数里。左右不解，问道："前有刘表阻截，后有张绣追兵，如此缓缓而行，岂不危险？"曹操胸有成竹，微笑不答。

14. 当晚，曹操给留守许都的荀彧写了封信，信中道："贼军来追，我军虽日行数里，但已想好计策，一到安众（今河南镇平东南），必能大败张绣。"

15. 曹军到达安众之时，刘表和张绣部队已经会师，占据了险要有利地形，准备合击，形势十分危急。

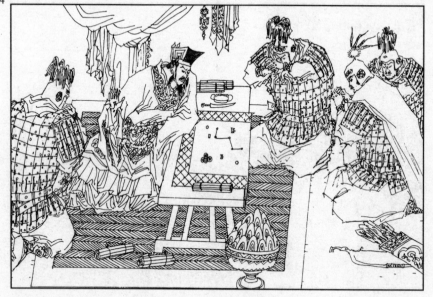

16. 曹营诸将都十分着急，纷纷向曹操请示。曹操却不慌不忙地看着地形图，说道："等晚上再说。"

17. 夜幕降临，曹操升帐点兵，令部队乘夜凿险开道，先把军需辎重运出，然后在险道上设下伏兵。

18. 天明，张绣、刘表见曹营已空，立即命部队全力追赶。

19. 张、刘二军追进险道，见两边高山峻岭，树林茂密，心知上当，急令退军。

20. 一声号炮响，曹操的伏兵四出，喊杀声震天动地，骑步兵两头夹击，张、刘军大乱，死伤无数，大败而逃。

21. 七月，曹操回到许都。荀彧来见曹操，问道："丞相信上说，至安众必能破贼军，是什么原因？"

22. 曹操笑道："刘表、张绣追击我返回的部队，迫使我们与之死地一战。兵法云，兵临死地而后生，安众地区地势险峻，所以我知道一定可在那儿打败他们！"

刘江网开一面歼倭寇

编文：姚 瑶

绘画：庞先健 林 乐

原　文　围师必阙。

译　文　包围敌人要虚留缺口。

63

1. 中国和日本，隔海相望，隋唐时期两国友好关系有很大发展。至元代，由于忽必烈东侵日本，两国关系受到影响，但民间的交往一直没有中断。

2. 到了元末明初，日本内部分为南朝和北朝，经历了五十多年的战乱。一些溃兵、败将以及失去生产手段的浪人流亡到海岛上，他们与中国境内的海寇、奸商勾结，不断侵扰中国沿海地区。明廷称之为倭寇。

3. 明朝永乐九年（公元1411年），守卫辽东海防的都督刘江由于疏忽，致使倭寇侵入。明成祖朱棣很恼怒，欲斩刘江。鉴于刘江善战，且是偶然的疏虞，遂赦免了他，要他戴罪立功，以观后效。

4. 永乐十七年（公元1419年），刘江已任辽东总兵、都督。因有了前车之鉴，几年来刘江一直勤于到各哨所巡视。这天，他来到望海埚（今辽宁金县东北）视察。

5. 望海埚地处辽东半岛的顶端，可驻军千余人，是倭寇入侵必经之处。明太祖洪武初年就在此建堡，堡用石块垒成，可向海上瞭望。刘江到来时，哨兵向他报告："东南海面发现灯光。"

6. 刘江判断倭寇将至，就增派马、步军上堡加强守备。

7. 第二天，果然有二千余倭寇乘船来到望海埚下，登岸鱼贯而进。

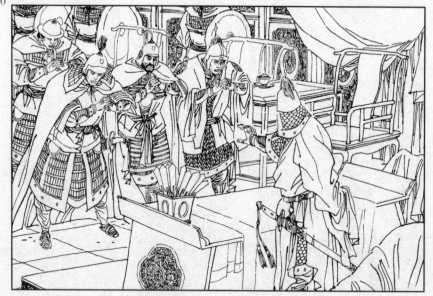

8. 刘江命令一部分兵力埋伏山下，派精兵潜至倭寇停船之处，断其归路，并约定一见信号，奋力合击。

9. 待倭寇进入包围圈，明军发出信号，将倭寇围住，首尾合击。倭寇不知明军已有准备，顿时大乱，死伤甚多。

10. 残敌奔逃至望海埚下的樱桃园空堡，明军再次包围了樱桃园。

11. 将士们要求冲进堡去剿杀，刘江认为不可。他解释说："如冲杀进堡，这些亡命之徒必然拼死顽抗，我方将士会遭受重大伤亡……"

12. 刘江下令：在堡西留一缺口，诱其奔逃，然后两翼夹击。果然，敌寇见有一条生路，立即争相逃命。

13. 明军伏兵从山路两侧夹攻，居高临下，大败倭寇，生俘数百，前后共杀千余，无一人逃脱。

14. 望海埚之战，是明初防倭最大的一次胜利。在祝捷会上，刘江对诸
将阐述了"包围敌人要虚留缺口"的重要意义，诸将都觉得颇有道理。

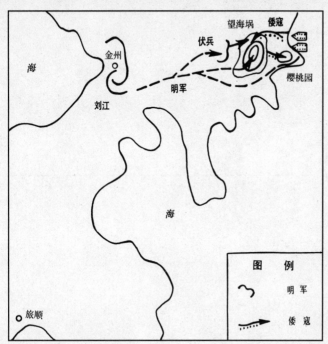

望海埚之战示意图

孙 子 兵 法
SUN ZI BING FA

慕容恪穷寇勿迫取广固

编文：甘礼乐 刘辉良

绘画：陈亚非 淮 联

原　文　　穷寇勿迫。

译　文　　敌军已到绝境不要过分逼迫。

1. 东晋镇北将军段龛（kān），拥兵广固（今山东益都西北），自号齐王。公元355年，段龛侵袭前燕国境，写信指责燕主慕容俊（鲜卑族）僭号称帝，惹得慕容俊大动肝火。

2. 当年十一月，慕容俊任命兄弟慕容恪为征讨大都督，尚书令阳骛（wù）为副督，一起讨伐段龛。

3. 慕容恪派出一支轻军，先行逼近黄河，然后在河岸边慢条斯理安排渡河船只，以测段龛动向。

84

4. 段龛之弟段黑（pí）骁勇多谋，他向兄长建议道："慕容恪善于用兵，人多势众，如若任他渡河进到城下，那时虽想求降，恐不可得。"

5. 他建议兄长坚守广固，自请率领精锐，拒燕军于河岸，如能幸而获胜，城内便可合兵力追，乘胜歼敌；万一不胜，再行请降未迟。段龛不肯听从。

9

6. 前燕大军开抵黄河岸边。段罴又向兄长重申前议，段龛仍旧不允。段罴情急，请求再三，触怒兄长，被段龛拔剑杀死。

7. 慕容恪屯兵河上，好几日不见渡河，也是唯恐段龛拦河掩击，格外持重。如今探得杀黑消息，才知段龛昏聩无能，便挥兵急渡。

8. 燕军陆续东进，行至淄水（今山东淄河）南岸，距广固百余里，方见段龛率众三万，前来拒战。慕容恪与阳鹜分军为二，包抄段兵。

9. 段煨招架不住，渐渐败退。他的另一兄弟段钦阵上被擒，右长史袁范等全都战死。

10. 慕容恪追段龛至广固城下，段龛进城闭门固守。慕容恪并不忙着进
攻，但令军士筑栅，四面兜围。

11. 另又分兵四出，招抚附近郡县。段龛所统诸城，陆续投降，慕容恪仍令原有官吏据守，以安人心。

12. 他从容布置，进退合度，只是从不督攻围城，整日按兵不动。诸将莫名其妙，群请速攻。慕容恪对他们讲出一番道理，要教人人心服。

13. 他说："用兵之道，或宜急取，或宜缓行，不可一概而论。倘敌我势均力敌，且外有强援，应以急攻为是，免得腹背受敌；若我强敌弱，他又外无援军，则不如以守为攻，静待彼毙。兵法所谓'十围五攻'，便是此意。"

14. 慕容恪接着分析形势，指出段龛尚有相当兵力，如今固守坚城，若
急于猛攻，势必造成重大伤亡。国家连年用兵，士卒苦辛，怎可轻易驱
去送命？还是持久以取，勿贪近功。

15. 一席话说得众将自称不及，心悦诚服。于是一面加紧构筑工事，严固围垒；一面在城外屯田垦荒，作长久之计。

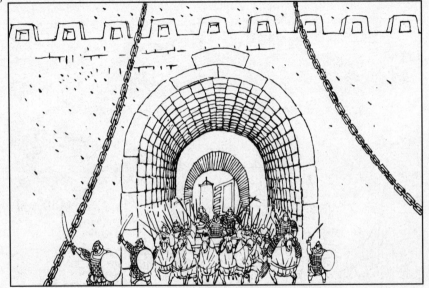

16. 如此过了半年，至公元356年，城中粮储已尽，对外交通断绝，段龛迫不得已，开城倾巢出战。慕容恪早有防备，开垒接仗，暗令骑兵抄到段军背后，截他归路。

17. 段兵全部饿着肚子，怎杀得过燕军，一经交锋，立即溃败。段龛左冲右突，插翅也难以飞出重围，只好退回。

18. 不料到了城边，四门都被燕兵拦堵，弄得进退两难，没奈何拼死战斗，才得冲开血路，狼狈入城。燕兵也不追逼，只是驱赶余众，杀个精光。

19. 经此大败，城内士气低落，再无守志。段龛穷途末路，派部将段蕴
深夜缒出城去，向东晋乞援。

20. 东晋朝廷因段龛一向称臣于他，不便坐视，派出北中郎将荀羡率兵往救。荀羡进抵琅琊，探得燕军强盛，不敢轻进。

21. 段龛待援不至，无法支持，且经慕容恪许他不死，便反缚双手出降。慕容恪入城安民，严禁部下侵掠，民众大悦，就此平定齐地。

22. 慕容恪命段龛为伏顺将军，带他同回燕都蓟城（今天津蓟县）。燕
主慕容俊不能容他，终于在半年后将段龛杀死，徒众三千人全被活埋。